JN142080

中原小也・詩集!!

中原小也

別名 戸渡阿見
又の名を 深見東州
本名 半田晴久

詩と文学

文学の定義は様々ですが、文学で人間や社会を語り尽くすのは、無理があります。それを試みる文学者も居ますが、やはり困難です。心や魂や人生の課題は、宗教や哲学には敵いません。社会問題や生活問題は、政治や経済には敵わない。社会悪や犯罪性の問題は、ジャーナリズムや警察には敵わない。子供や人間性のゆがみは、教育や道徳には敵わない。現代社会の孤独や疎外感は、文学でなくても、それは本来宗教が担うテーマです。

　また、孤独や疎外感は、決して悪いものではありません。芸術や創造的な仕事をする人の、糧になっています。また、会社や組織のトップに立つ人は、孤独や疎外感の中から、勇気を振るい起こし、責任と役割を全うするのです。そこに、人間としての立派さがあります。

　孤独や疎外感、人生や社会の暗闘を描くのが、文学だと信ずる人は、文学以外に知らない人でしょう。幅広い知識や経験があれば、文学には限界がある事が解ります。もし、文学で人生や社会の問題を描いたとして、誰がそれを解決し、改善するのでしょうか。解決も改善もできず、描きっぱなしの文学は、無責任に思えます。その上、宗教家や哲学者や学者から見れば、その多くは、浅い人間や社会や人生の捉え方なのです。

さらに、文体に芸術性のないものも多い。だから、どうしても、教養の厚みのある人は、古典主義に回帰するのです。駄本を読みたくない。駄文学を読みたくないと思うからです。

それならば、いっそ、理屈抜きで楽しめる文学を読みたい。エンターテインメントでいいじゃないか。なのに、そういう文学は、文学的に低く見られるのです。

誰が、それを低く見るのでしょうか。

「偏見は無知より生ず」という諺がありますが、偏狭な文学に偏った宗教、哲学、学術、政治、経済、教育、福祉、音楽、美術に精通しない人々が、見下すのです。かわいそうなのは、メルヘン作家や推理作家、コミックやアニメの作家です。エンターテインメントだというだけで、見下されるのですから。

ところで、日本文学の原点は、「物語」と「歌」です。「物語」は、文体が魅力的で面白かったらいいのです。長篇になると、どこかにリアリティーがないと、読み終わった人が怒るだけです。短篇なら、何でもありです。

「歌」は詩歌ですが、言葉の調べが5割、意味が5割です。そして、そこに詩情があり、その人にしか詠めない、個性や意外性や人間性が出ていたら、それでいいのです。それが、詩歌の芸術性です。

そして、自分が文学に向かう時は、読み手としては古典主義です。書き手としては、日本文学の原点の「物語」と「歌」を、バラバラにしたり、融合させて創作します。リアリティのない、短篇や詩歌を好むのは、毎日が現実社会と向き合い、問題に直面し、それを解決したり改善してるからです。わざわざ、文学にそれを持ち込みたくない。そう思うからです。現実を書こうとすると、手がしびれて書けなくなる、川上弘美さんのようです。思うに、偏った知識しかない文学評論や、文学概論を気にしなければ、文学は楽しく、人生を豊かにしてくれます。
これが、私の文学に対する姿勢です。

二〇一七年十二月

中原小也
（別名 戸渡阿見　又の名を 深見東州　本名 半田晴久）

目次

＊すべて、平成24年2月の作品。
イラスト・サーモンぴんこ

中原小也・詩集!!

歯を浮かせて

結婚式で
歯の浮くような
台詞で
新郎新婦に
挨拶しました

そのままの感じで
神社で
歯の浮くような
台詞で
神様に
挨拶しました
それが
祝詞です

そのままの感じで
今度はお寺で
歯の浮くような
台詞で
仏様に
挨拶しました
それが
お経です

歯を浮かせると
皆が
幸せになるのです
神も仏も
人間も

ぶどう

種なしぶどうか
と思ったら
乳首だった
巨峰か
と思ったら
乳首だった

山梨ぶどうか
と思ったら
それも
乳首だった
なぜ乳首は
こうも
ぶどうに似るのか
スポーツ紙を
見るたびに

うっとり思う
大自然の不思議さ
女体の不思議さ
そして
私のおかしさ

乳母車

母よ——
あなたには似ない
赤ん坊が泣いている
乳母車を押して
どこへ行くのか
ガラガラガラガラ
地面が愛《いとお》しく
揺らぐようだ

母よ——
どんな子供に
なるのか
性質は
あなたに似るのか
乳母車を押して
どこへ行くのか
ガラガラガラガラ
地面の石に
躓《つまず》かぬように

母よ――
大人になり
その子はあなたを
裏切るかも知れない
乳母車はゆく
ガラガラガラガラ
不安な顔が
石畳に敷き詰められ
乳母車を
あざけったり

微笑《ほほえ》んだりする

木々は無関心に
見つめているが
鳥は集い
ささやきかける
赤ん坊の未来を
ささやいている
幸せもあり
不幸もあるのだろう

母よ——
知らぬからこそ
乳母車が押せる
ガラガラガラ
ゆらぐ石畳の
顔の上
こぼれる
ハッピーフェイス
チャコールグレーの

ゆがむ顔
その上を
乳母車がゆく
ガラガラガラ
ガラガラガラ

未来を
知らない事は
幸せなのだ

銀座

寒風やまず
あはれ
鼻水ながす
みんなも鼻をかみ
人混みに
流れてゆく

銀座の街は
寒風を吸い込む
梅もなく
花も見えない
冬を感じて
うるさい
鼻があるだけだ
銀座の街は
なんだか沸き立つ

銀座の街を
うずとなり
かたまりては
とぎれる
人の波よ

その中に
自分が消える
それが楽しい
なぜか楽しい

人混みが好きだ
生きてる自分を
実感する
部屋に居るよりも
日が差す
デスクよりも
人混みにまぎれ
歩いていたい

襟を立て
銀座の街を歩く
鼻がむずがる
そんなことすら
楽しい
寒風の抜ける
銀座の枯木すら
恋人たちの
黄金の

林檎《りんご》の木だ

寒風が
吹き抜けてゆく
その風に乗り
私も歩く
あの角の信号を
渡ってみよう
何かにぶつかる

気がする
そう
誰かの
ワクワクと
ぶつかるのだ

少年

夕ぐれ
とある駄菓子屋から
おかっぱ頭の
少年が帰ってくる

一日中で
最も幸せな時を経て

少年は帰ってくる
毎日を
夢中で過ごす少年は
駄菓子屋が好きだ

本を読んでも
二ページで寝てしまう
一ページ読めば
すでに朦朧だ

まだ
活字にはなじまない
おかっぱ頭の少年は
夢中で
街角を駆けずり回る

今は
そっとしておこう
少年は

感性を育てるのに
必死なのだから

谺

谺《こだま》のやつ
どこに隠れてるのだ
出てこーい、谺め！
出てこーい、こだまめ！
どきっ！
なんで
おれの名前を
知ってるのだ

バカー
バカー
ぎくっ！
なんで
おれがバカだと
知ってるのだ
死ね谺め！

死ねこだまめ！
ガーン
なんでおれが
死のうとしてるのを
知ってるのだ

児玉氏は黙って
首をくった
谺は何も言わなかった
ざまあみろ

おれは
谺に勝ったぞ
死ぬ間際に
児玉氏は悟った
谺のやつ
おれの言葉に
隠れていやがった

その時
小鳥が言った

もっと前向きで
明るい
言葉を言ってたら
いい訝が来るのに

リスが言った
そしたら
リストラにならず
死ぬこともなかったのに

鳥はそのことを
知ってるので
いつも
いい囀《さえずり》しかしない

リスは言葉に
自信がないので
ただ
黙々と働くだけです

春

金魚——
無邪気に泳いでないと
売れないので
いつも楽しそうに
泳ぎます

猿——
サルスベリでは

わざと滑り落ちます
木が恥をかくからです

猫――

目も醒めて
空腹なだけですが
主《あるじ》の気を引くために
日なたボッコで
寝たフリします

犬――
散歩は楽しいですが
おしっことうんちを
無理矢理出すのが
辛いです

烏――
人間をバカにして
いつも啼いてるのですが
熊野の使者だと思われ

敬われるのが
心苦しいです

私もすっかり

秋はすっかり
落葉になり
冬はすっかり
雪になり
春はすっかり
桜になり
夏はすっかり
スイカになった

そして
私はすっかり
風になり
全てを踊らせる
生きてる私は
万《よろず》の風だ
ピュウーピュー
ソヨソヨソヨー

わが心は
春夏秋冬の
風となり
太陽となり
月になる
へだてるものは
何もない

雄と雌が

一つになった
トンボよ
私の風に乗せ
あの夕陽に向かって
運ぶぞ

トンボは
ロマンチックに
楽しそうで
恍惚としている

束の間の幸せに
命を燃やしてるのだ

ああ
トンボよ
大切に運ぶぞ
あの夕陽に向かって
ピュウー
フワフワリ

峠

人生の峠は
いつでもある
年齢ではない
気持ちでもない
運でもない

人生の峠は
意識のカベにあり

一瞬で悟覚《ごかく》し
カベを破れば
峠は野原になる

人生の峠は
死ぬまで続く
意識のカベを
破り続けなければ
すぐに峠が来て
息切れする

峠なんぞに
負けてたまるか
峠なんぞ
クソくらえだ
喝！
喝！
また一つ
峠を越えた
今日でした

草の上で

野原に出て
空を見ていると
空が私を見ている
そらみたことか
空マメだって
ソラシドーと
歌ってるよ

約束でもしたように
野原は私を待ち
空も待っていた
そのまま
夜になり
宵待草を
歌っていた

待ちぼうけの石に
私もつまずき

痛いまま
野原に座り
空をにらむ
そのまま
草に倒れ
私は空を見ていた
幸せな時は
どこで何をしても

楽しくて
幸せだ
あなたが
ここにやって来るまでの
草の上のひととき

村

ムラムラの村には
ムラ気な村山が
ムラがって
村に住む
ムラムラの村には
村山の表札ばかり

ムラムラと

村の外に出たら
紫色の村が見えた
村山一族の
ムラムラの村は
村山で一杯だ

そこで
村山に登ったら
そこにも
人が住んでいた

名前をたずねると
村山だった
ムラムラと来て
言ってやった
村山さん
もう
村山は結構です

その人は

笑って言った
じゃあ
あんたは
誰なんだい
村山です

わっはっはっは
二人で笑って
村山を眺めた

村山

信じる

信じられるか
信じられるか
人の言う事を

信じようとせよ
信じようとせよ
信じる努力が
神さま

信じてあげる余裕が
仏さまです

嫌いだ嫌いだ嫌いだ
嫌いなものは
嫌いなんだ

好きになりなさい
好きになりなさい
嫌いなものを

好きになる努力が
人間の値打ちです
嫌いなものでも
なんとか
好きになれば
それが
愛なのです

もう
やめたやめたやめた

いやになったから
やめるんだ

続けなさい
続けなさい
なんとしても
続けなさい
いやなものを
続けるのが
本当の根気です

荒魂《あらたま》が
喜ぶのが
見えないのですか
続けること自体が
人間を育て
魂を育てるのです

続けなければ
壁を越えられず
本物の実力は

身につきません
永遠に

荒魂が喜ぶのは
完成成就の道です
荒魂の栄養は
継続するための
苦しみ
飽きと戦う
根気なのです

義よ

好きなものではない
興味もなく
楽しくもなく
意義もわからない
かえって
割に合わない事ばかり
それでも
やるのが義です

義は天に通じ
志を貫く柱になる

義がなければ
愛は本物にならず
誠はゆらぎ
信仰も続かず
損得で人は動きます
信義　大義　神義
義は

魂を天地に
真直ぐ立てる
神柱です

義によって動く人間は
志を立てれば
嫌になってもやめず
興味がなくてもやめず
不愉快でもやめず
無意味でもやめず

損してもやめない

だから
気迷いに打ち勝ち
不安に打ち勝ち
誘惑に打ち勝ち
孤独に打ち勝ち
不遇に打ち勝ち
空しさに打ち勝ち
損な役割から逃げず

志をやり遂げるのです

義に生きてこそ
志を全うでき
大道を
成就することができる
楠木正成しかり
諸葛孔明しかり
アニメのヒーローしかり

義の道があってこそ
愛は本物になり
信仰は本物になり
誠は本物になり
信頼は本物になり
智も本物になり
礼も本物になり
勇気も本物になる

人間が神になるための
不可欠な要因とは
義の道の全うです
義のない人間は
志を全うできず
大人物たり得ない
あたかも
くず鉄の如し

それは
昔も今も未来も同じ
この世もあの世も
神仏の世界も同じです
天地《あめつち》の
変わらぬ
真理なのです

私の顔

鏡に映る様々な顔
私は百面相が好きだ
子供の頃からの習慣で
鏡を見ると
いつも
百面相で遊んでいた
そして
自分の顔のおかしさに

笑い転げていた

今世は
こんな顔で生まれて来たのか
女じゃなく
男に生まれて来たのか
日本人で
生まれてきたのか
年を取ると
どんな顔になるのかな

自分の顔が
不思議でたまらず
子供の頃から
一度鏡を見ると
いつまでも
百面相で遊んでいた

そして
いつの間にか
百面相の活動をする

人間になった

万能バサミのように
切れ味も良くなり
世の中に
万能バサミを入れたり
社会という舞台で
百面相になって
遊んでいる

いいな

いいな
目の周りに
輪があって
鳳凰《ほうおう》のような目
賢者の目だ
いいな
鼻の周りに

おできの跡があって
鷲のような鼻
勝者の鼻だ

いいな
口の周りに
ジャムがあって
人を食う
政治家の甘い口だ

いいな
耳の周りに
補聴器があって
宇宙人の耳
聞かないふりの
事業家の耳だ

いいな
顔の周りに
脂肪があって

メタボの顔
人を幸せにする
恵比寿の顔だ

物語

私の読んでる
おかしなおかしな物語
それは
誰にも見せたくない
おかしさだ
それを見たいのか
子供達が寄ってくる
見せないと言うと

よけいに
寄ってくる

千年以上も
読まれている
おかしなおかしな物語
それは
古事記の
神生み国生みの
物語だ

父も母も
祖父も祖母も
世界中の人々は
この物語で
子孫を生み
歴史を生んだ

胸がときめく
この物語こそ

全ての物語の
始まりなのだ

鬼

鬼は
夜ふけて
リンゴをたべる
鬼よ
歯ぐきから
血が出ませんか

鬼の通う
歯医者は
いるのですか
伝説の山にも
地獄にも
歯医者は
いるのですか

人を食った罰で
歯ぐきから
血が出るのですか
それなら
人間も年を取ると
鬼ですね

人間には
歯医者がいます

鬼にも
いるのですか
きっと
居ないでしょう
それを思えば
鬼はかわいそう
人間は
歯医者のおかげで

人を食う人や
政治家も
鬼だと見破られない
牙《きば》を抜き
血を止めてくれるから

人間は
恵まれています
歯医者のおかげで

本当は鬼なのに
人間として
生きられるのです
しかし
歯医者のいない
あの世に行くと
さあ大変
牙もあらわで
血もしたたります

すると
鬼の親玉が来て
牙を抜かず
舌を抜くのです

妖怪

私の猫は
目が二つあり
鼻は一つしかなく
口も一つだけです
こんな
変わった動物は
いません

いつも
妖怪を見なれてる
私には
猫とは
ほんとに
不思議な動物です
両耳を
思い切り引っぱると
顔は

コウモリ
そっくりです

いつも
妖怪を見なれてる
私には
この顔は
親しみの持てる
顔です
コウモリが進化して

猫になったのかも
知れません
いつも
妖怪を見なれてる
私には
人間の顔が
恐いです
美人の顔が
特に恐いです

両耳を
思い切り引っぱると
顔は
般若そっくりです

いつも
妖怪をみなれてる
私には
この顔は
親しみのもてる

顔です
妖怪
そのものですから
般若が進化して
美人になったのかも
知れません

いつも
妖怪を見なれてる
私には

恐怖の妖怪とは
美人の顔の
下にいる妖怪です
なかなか
姿を
現わしません

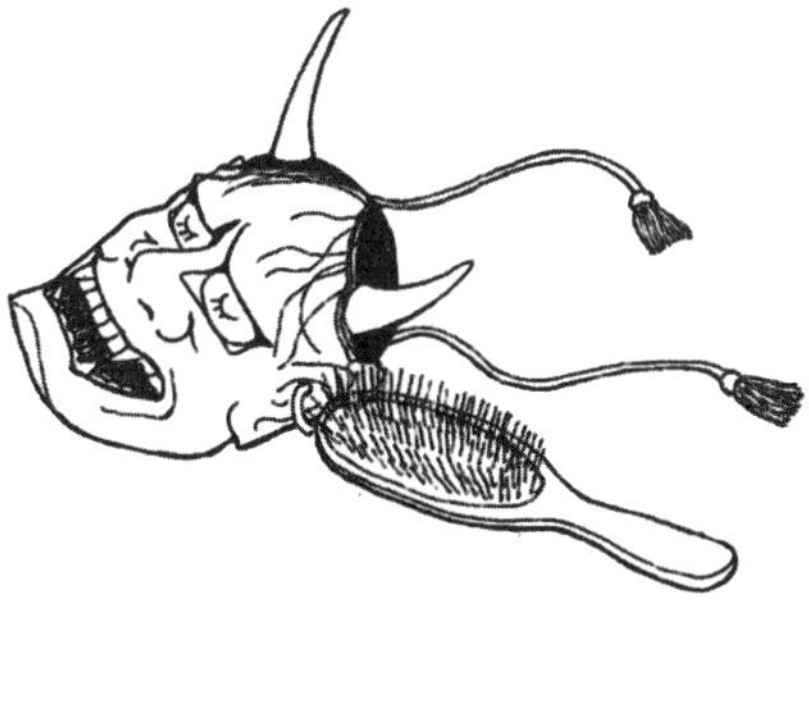

自転車

走ってゆく
自転車の
サドルはゆれる
ご婦人の
大きなお尻がゆれる
サドルは
何度もきしむ

わずかに
おならの音がして
颯爽と
自転車は
通り去った

言葉こぼれ

冠《かんむり》ワシが
飛んで来て
冠に止まる
わたしは
おかんむり
ゲタが
ゲタゲタ笑う

恐いホラーだ
ゲッタウェー

色々と
色気の女が
集まって
色をなす
囲炉裏端《いろりばた》

友達が

灯《ともしび》もやし
たわむれて
艫綱《ともづな》を引く
友引の夜

まちまちの
町の人らが
待ち合わせ
間違いだらけの
マーチ吹く

どんどんと
丼《どんぶり》食べて
どんぐり拾う
どんど焼きする
博多どんたく

アラあれは
あられもないぞ
あの格好

嵐の後の
荒木又右衛門
もりもりと
森の子守は
盛り上げる
籾殻《もみがら》みたいな
もみもみの乳
タラタラと

タラコ炒《いた》めて
タラふくに
食べるタラコよ
汗タラタラ

コリコリと
凝り固まった
肩コリで
懲りずに振るよ
コリアンダー

マティニーに
待って入れたよ
松ボックリ
臭くて飲めず
マッチで燃やす

コロコロと
転び出たのは
コロンブス

オーディコロンの
ブスだった

フラフラと
フラダンスする
フランダースの犬
フラフープする
フランス犬と
10フランで
交換しました

ケロケロと
カエル鳴くなり
敬老会
ケロケロエロエロ
忘れて久し

ポキポキと
指ポキ
首ポキさせながら

ポッキー食べる
独りポッキーの
夜に

カリカリと
カリウム食べて
刈り上げを
カリカリ掻けば
雁が鳴く
筋肉カリカリの

狩人の上

ハラハラと
涙がこぼれ
腹つたう
祓戸《はらいど》の神
腹かかえ
ハラショーと言う
高天原《たかまがはら》
ハラハラするよ

阿波岐原《あわぎはら》
腹這《ば》いになる
原っぱの上

バラバラと
バラ寿司食べて
バラバラに
バラの花ビラ
バラして食べる

来る来ると
思っても来ぬ
クリスマス
クルクル転ぶ
胡桃《くるみ》の実
クリ抜き作る
クリーム餡蜜《あんみつ》

トボトボと
道を歩けば

トンボ来て
トンボ鉛筆で
スケッチする
トンボ返りは
描《か》き難《にく》い
止まれトンボ
赤トンボ

一番

春一番
突風のなか
食べるのは
今も昔も
サッポロ一番

サッポロ一番

中原小也　なかはらしょうや

別名　戸渡阿見　又の名を　深見東州　本名　半田晴久

小説家、劇作家、詩人、俳人、歌人、川柳家としてのペンネームを、戸渡阿見や深見東州とす。5才から17才まで、学校の勉強はあまりしなかったが、18才から読書に目覚め、1日1冊本を読み、突然文学青年になる。18才から俳句を始め、雑誌に投稿し始める。46才で中村汀女氏の直弟子、伊藤淳子氏に師事し、東州句会を主宰。毎月句会を行う。また、中学3年から川柳を始める。49才で、第一句集「かげろふ」を上梓。55才で、金子兜太氏の推薦により、現代俳句協会会員となる。57才で第二句集「新秋」を上梓す。その他、写真句集や、俳句と水墨画のコラボレーションによる、「墨汁の詩（うた）」もある。短歌は、38才で岡野弘彦氏に師事。毎月歌会を行う。詩は、45才で、第一詩集「神との語らい」を出版。その後、詩集や詩画集を発表。54才で、井上ひさし氏の推挙により、社団法人日本ペンクラブの会員となる。56才で短篇小説集「蜥蜴（とかげ）」をリリース。第2短篇小説集「バッタに抱かれて」は、日本図書館協会選定図書となる。第3短篇小説集「おじいさんと熊」をリリース。絵本も多数。また、56才で「明るすぎる劇団・東州」を旗揚げし、団長として原作、演出、脚本、音楽の全てを手がける。著作は、抱腹絶倒のギャグ本や、小説や詩集、俳句集、自己啓発書、人生論、経営論、文化論、宗教論など、２９０冊以上に及び、７カ国語に訳され出版されている。中国国立浙江大学大学院中文学部博士課程修了。文学博士（Ph.D）。中国国立浙江工商大学日本文化研究所教授。

中原小也・詩集!!

平成三十一年三月三十一日　初版第一刷発行
平成三十一年四月　十五　日　初版第二刷発行

著　者　中原小也
発行人　杉田百帆
発行所　株式会社　たちばな出版
〒167-0053
東京都杉並区西荻南二丁目二〇番九号
たちばな出版ビル
電話　〇三-五九四一-二三四一（代）
FAX　〇三-五九四一-二三四八
ホームページ　https://www.tachibana-inc.co.jp/

印刷・製本　株式会社　太平印刷社

ISBN978-4-8133-2434-8
©2019 Shoya Nakahara　Printed in Japan
落丁本・乱丁本はお取りかえいたします。
定価はカバーに掲載しています。

戸渡阿見・待望の詩集

二つの名前で二冊同時発売！

Ｂ６判並製　定価（本体 1,000 円＋税）

自由詩の楽しさを満喫しよう！
自然に目を向け、人に目を向け、
真理を言の葉に編む。
新しい時代を拓く詩集

いじけないで！

豊田ネコタ
（別名・戸渡阿見　又の名を・深見東州）

中原小也・詩集!!

中原小也
（別名・戸渡阿見　又の名を・深見東州）

たちばな出版　〒 167-0053　東京都杉並区西荻南２の 20 の９
たちばな出版ビル
https://www.tachibana-inc.co.jp/
0120-87-3693（10：00～20：00）Tel：03-5941-2341 FAX：03-5941-2348